Tulo

Et nyt liv

Af samme forfatter

Blå øjne, forlaget LIXI, 2014 (Letlæsning)

En rigtig ven? Alfabeta, 2005 (Letlæsning)

1,2,3, skriv! Hæfte 1 og 2. (ny udgave) Alfabeta, 2008

1,2,3, Skriv! Alfabeta, 2003 (1.udgave)

Skriv på dansk. Akademisk Forlag, 2000 (Nu Alfabeta) (Oversat til Norsk i 2004)

Engleløgnen, Byens Forlag, 2019 (Ungdomsbog)

Tvillingefuglene, Høst og Søn, 2017 (skrevet sammen med Camilla Wandahl) (Børnebog)

Kirsten Wandahl

Tulo

Et nyt liv

En god historie på let dansk – lix 15

© 2021 Kirsten Wandahl

Omslagsfoto: Steve Buissinne

Tulo - Et nyt liv er en letlæsningsbog for unge og voksne. Lix 15.

Forlag: BoD – Books on Demand, Hellerup, Danmark

Tryk: BoD – Books on Demand, Norderstedt, Tyskland

ISBN: 9788743033929

Indhold

Kære læser

Her er historien om Tulo.

Først læser du bogen om Tulo.
Bagefter kan du lave opgaver.

Opgaverne er på side 75-79.
Her kan du arbejde mere med
dansk.
Der er også flere opgaver på
min hjemmeside
https://www.kirstenwandahl.dk

God læselyst

Kære underviser

Tulo – Et nyt liv har en lix på 15 og indeholder et begrænset ordforråd, svarende til midt på A1-niveau efter CEFRs beskrivelse af sprogniveauer.

Bogen kan derfor anvendes på danskuddannelsernes begynder-moduler (3.1., 2.2. og 1.5-6) og til frilæsning for tosprogede med et lille ordforråd på FVU-start.

Personer

Tulo har boet i Danmark i tre måneder. Han går på sprogskole.

Sonia er dansker. Hun mødte Tulo på en rejse.

Emil er Sonias kollega.

Pete er kursist på sprogskolen. Han går i klasse med Tulo.

1. Hvor er Sonia?

Tulo ser på uret.

Klokken er 18:45.

Han venter på Sonia.

Men døren er lukket.

Hvorfor kommer Sonia ikke?

Fjernsynet er tændt.

Det er et dansk program.

Tulo forstår ikke dansk.

Han har kun været i Danmark

i tre måneder.

Tulo går ud i køkkenet.

Han laver kaffe.

Han øver danske ord.

„Kaffe," siger han.

„Vand," siger han.

„Jeg laver kaffe," siger han.

Der er et foto på køleskabet.

Det viser Tulo og Sonia.

Himlen er blå.

Der er bjerge og en lille sø.

Dér kyssede Tulo Sonia første gang.

De var lykkelige.

Nu er Tulo her.

I Danmark.

Tulo går ind i stuen.

Han drikker sin kaffe.

Han ser på fjernsynet.

Der er en kvinde.

Hun snakker med en mand.

De snakker om is.

Is.

Det ord forstår Tulo.

Der er billeder af is.

Meget is.

Måske er det Grønland?

Der er ikke meget is i

Danmark.

Men her er koldt.

Tulo slukker for fjernsynet.

Han kigger på sin mobil.

Han kan godt lide musik.

Han finder en sang.

Det er en mand, der synger.

Sangen er om kærlighed.

Den sang kan Sonia lide.

Tulo lytter til sangen.

Han savner Sonia nu.

Han ser rundt i stuen.

Der er en sofa og et sofabord.

Der er et fjernsyn.

Der er også et lille bord ved
vinduet.

Her står Tulos skakspil.

Brikkerne er sat op.

Tulo elsker skak.

Men Sonia spiller ikke skak.

Så hvem skal han spille med?

Tulo ser på uret igen.

*„Jeg kommer hjem, klokken 17
eller klokken 18,"* sagde Sonia.

Men nu er klokken 19.

Hvorfor er Sonia ikke hjemme?

Tulo tager sin mobil.

Han ringer til Sonia.

Men hun svarer ikke.

Tulo tænker på Sonia.

Han er kommet til Danmark,

fordi han elsker hende.

De har det godt.

Tulo er glad for Sonia.

Men han er ikke glad for livet.

Sonia har arbejde.

Hun er glad for sit arbejde.

Hun har gode kolleger, siger hun.

Og en god chef.

Hun har også gode arbejdsopgaver.

Og en god arbejdstid.

Hun møder klokken 8:30 om morgenen.

Hun kommer hjem klokken 17.

Tulo har ikke arbejde.

Derfor er dagen meget lang.

Og Sonia er dansker.

Hun forstår alt.

Tulo forstår ikke noget.

Han forstår ikke sproget.

Han har ikke arbejde.

Men han går på sprogskole.

„Det er dit arbejde," siger
Sonia tit.

„Nej," siger Tulo.

„Mit arbejde er at vente.

Jeg venter på at lære dansk.

Jeg venter på et arbejde.

Jeg venter på dig."

Så kysser Sonia ham.

„Men jeg elsker dig, Tulo," siger
hun hver gang.

Tulo krammer Sonia.

„Jeg elsker også dig," siger
han.

Men hans hjerte er tungt.

Tulo trykker Sonias nummer
igen.

Dut – dut – dut, siger mobilen.

Tulo trykker nummeret igen
og igen.

Sonia svarer ikke.

„Pling" siger Tulos telefon.

Det er en sms. Fra Sonia.

Tulo læser sms'en.

Jeg er hjemme kl. 19:30, skriver
Sonia.

Hvorfor? Tænker Tulo.

Hvorfor kommer Sonia sent

hjem?

2. Sonia kommer hjem

Kl. 20:00 går døren op.

Sonia kommer ind.

Hun kysser Tulo.

„Jeg kommer for sent. Jeg ved
det."

Sonia smiler.

„Jeg har haft meget arbejde i
dag."

„Nå, men hvorfor ringede du ikke?" spørger Tulo.

„Min mobil havde ikke batteri," siger Sonia.

Tulo er sur.

„Hvorfor lånte du ikke en mobil?"

„Jeg kan ikke låne en telefon i metroen," siger Sonia.

„Nu er jeg sulten. Jeg laver mad."

Sonia går ud i køkkenet.

Mobilen ligger på bordet.

Den lader op.

Så bibber den.

„Du har en besked," siger

Tulo.

Han ser på Sonia.

Sonia ser på mobilen.

Hun smiler.

Hvorfor smiler Sonia?

Tulo tager telefonen.

„Nej, nej," siger Sonia.

Tulo læser. Men det er dansk.

Han forstår ikke dansk.

„Hvem er det?" spørger Tulo.

„Det er Emil," siger Sonia.

Det er min kollega.

„Emil," siger Tulo. „Er det ikke

en mand?"

„Jo, det er det," siger Sonia.

Tulos hjerte banker. Hårdt.

Hvorfor skriver Emil til Sonia?

Sonia tager telefonen.

Hun læser beskeden.

Så ringer hun til nummeret.

Hun taler på dansk.

Hun griner.

Tulo er sur.

„Hvorfor skriver Emil?"

spørger Tulo.

„Det er om arbejdet," siger

Sonia. „Vi har et nyt møde i

morgen."

Tulo forstår det ikke.

„Men klokken er 21," siger
Tulo.
„Ja, men det er vigtigt," siger
Sonia.
Hun krammer Tulo.
Men Tulo vil ikke kramme.

„Du arbejder meget. Men jeg
arbejder ikke. Det er forkert,"
siger han.
„Hvorfor? Du går i skole. Du
lærer dansk. Det er også
arbejde," siger Sonia.

„Nej. Ikke rigtigt. Jeg finder

arbejde i morgen," siger Tulo.

„Rigtigt arbejde."

Sonia nikker og smiler.

Hvorfor smiler Sonia?

Tulo er meget sur nu.

Tror Sonia ikke, han kan finde

arbejde?

Sonia henter en bog.

„Kom," siger hun.

„Vi læser dansk nu."

„Nej," siger Tulo.

Han vil ikke læse dansk med

Sonia nu.

Han vil tænke.

Han har en uddannelse.

Han er IT-teknolog.

Han vil finde et arbejde.

Men hvordan?

3. Tulo søger arbejde

Næste dag ser Tulo på Jobnet.

Der er mange job.

Men han forstår ikke dansk.

Hvordan skal han finde

arbejde?

Han lukker computeren.

Det er tid til skole.

Tulo cykler hen til skolen.

Det regner. Det blæser også.

Tulos hår drypper af regn.

Han tager jakken af.

Døren til klassen står åben.

De andre kursister er i klassen.

Der lugter af vådt tøj.

Tulo kigger efter Pete.

Pete snakker med Patricia.

„Hej," siger Tulo.

„Hvordan går det?"

„Godt," siger Pete, "Hvad med dig?"

„Ikke så godt."

„Hvorfor ikke?" siger Pete.

„Det regner," siger Tulo.

Pete griner.

„Ja, men du er jo i Danmark,"
siger han.

Tulo griner også.

Så stopper han.

„Nej, seriøst! Det går ikke
godt. Jeg vil finde et job. Men
det er svært. Jeg har ikke
venner her. Og jeg kan ikke
dansk."

„Aj, Tulo, du har mig," siger
Pete. „Er jeg ikke en ven?"

„Jo, det er du, " siger Tulo.

„Men…"

„Og jeg kan heller ikke dansk," siger Pete. „Men jeg har arbejde."

„Ja, ja, det er rigtigt." Tulo smiler. „Men du har ikke et arbejde til mig."

Pete tænker. Så nikker han.

„Jo, måske. Min chef har et ledigt job. Måske kan du få det job."

„Tror du?" spørger Tulo.

„Ja, måske. Er du stærk?"

Tulo ser på Pete.

„Ja, det er jeg." Tulo griner.

Han viser sin stærke arm.

„Godt. Det er et job på lageret.
Måske kan du få det," siger
Pete.

Tulo vil ikke arbejde på et
lager. Han vil gerne arbejde
med IT.

Men et job er et job.

Han siger: „OK".

„Ha, ha," griner Pete.

„Godt. Men du skal ikke være
stærk. Du skal arbejde på
computer. Du skal kontrollere
varer. Og det er ikke fuld tid.
Du kan også gå i skole," siger
han.

„Fint," siger Tulo. „Jeg vil også lære dansk."

„Og vi taler alle sammen engelsk. Det taler vi på arbejde," siger Pete.

„Det lyder godt," siger Tulo.

„Godt. Jeg spørger min chef," siger Pete.

Efter skole cykler Tulo ind til centrum.

Han drikker kaffe.

Han tænker på job.

Han spiser en kage.

Han tænker på Sonia.

Han tænker på Petes ord.

Måske får han et job?

Klokken 16 cykler Tulo hjem.

Solen skinner.

Han er varm i ansigtet. Og

glad.

Der er en blomster-butik i

gaden.

Tulo ser på blomsterne.

Der er roser og tulipaner.

Han dufter til roserne.

Så køber han ti roser.

Ti røde roser til Sonia.

4. Tulos plan

Sonia kommer hjem klokken 17.

Tulo har lavet mad.

Roserne står på bordet.

„De er smukke," siger Sonia.

Hun kysser ham.

„Ja, smukke som dig," siger Tulo.

Han lægger armene om Sonia.

Hun har bløde arme.

Hun dufter godt.

Tulo kysser hende.

„Nu skal du høre… " siger

Tulo.

Men Sonias telefon bibber.

Tulo ser på displayet.

„Emil," står der.

Tulos hjerte banker.

„Hvorfor skriver Emil altid til

dig?" spørger han.

„Fordi han er min kollega.

Det er om arbejde," siger

Sonia.

„Ja, men hvad skriver han?"

spørger Tulo.

Sonia ser på ham. Hun sukker.

„Han skriver: *Husk, vi har møde*

i morgen kl. 12."

Sonia viser Tulo sms'en.

„Har du møde med Emil?"

spørger Tulo.

„Ja," griner Sonia. „Og med

Lise og Havva."

Så kommer der en ny sms.

„Hvad nu?" spørger Emil.

„Nu siger Emil, at Helena er

syg.

Jeg skal arbejde til kl. 18 i morgen."

„Nej, det skal du ikke. Du har arbejdet sent i tre dage nu," siger Tulo.

„Ja," siger Sonia bare. „Men min kollega er syg. Jeg skal tage hendes arbejde."

Tulo er tør i munden. Hans hjerte banker hurtigt.

Men han siger ikke noget.

Han tager jakke på.

Han vil gå en tur.

Han lukker døren. Hårdt.

Hvorfor skriver Emil til Sonia
hver dag?

Næste morgen vågner Tulo.

Der dufter af kaffe.

Sonia sidder i køkkenet.

„Her er kaffe," siger Sonia.

Kaffen er god og stærk.

Tulo kigger på Sonia.

Måske har hun glemt det?

At Tulo var sur i går.

Tulo har ikke glemt det.

Og han har en plan.

Klokken 7:30 går Sonia på

arbejde.

Tulo siger farvel.

Men efter to minutter går Tulo

også ud.

Han følger efter Sonia.

Sonia ser det ikke.

Sonia tager metroen.

Tulo tager også metroen.

Sonia læser på sin telefon.

Hun ser ham ikke.

Men Tulo kigger på hende.

Sonia står af.

Tulo står også af.

Sonia går hen til sin

arbejdsplads.

Tulo følger efter.

Hun stopper ved døren.

Der står en mand. Er det Emil?

Sonia siger *Hej* til ham.

Smiler hun til ham?

Tulo ser på dem.

Så ringer hans telefon.

Det er Pete.

„Min chef vil tale med dig. I dag klokken 13. Passer det?" spørger han.

„Ja, det kan jeg godt." siger Tulo. „Hvor er det?"

„Byvej nr. 30. Jeg sender adressen på sms," siger Pete.

„Fint. Jeg kommer klokken 13.

Hvad hedder din chef?"

spørger Tulo.

„Han hedder Leif. Men jeg er

også på arbejde. Jeg kan hjælpe

dig. Du kan sende en sms,"

siger Pete.

„Super." Tulo er glad.

„Vi ses," siger Pete.

„Ok. God arbejdslyst. Og tak,"

siger Tulo.

„Tak. Hej, hej," siger Pete.

Tulo slukker telefonen.

Han ser over på døren til

Sonias arbejde

Sonia og manden er væk.

Så går Tulo i skole.

Men hans mave gør ondt.

Hjertet banker hårdt.

Han sveder.

Han er jaloux.

5. Tulos jobsamtale

Skolen er færdig.

Tulo lægger bøgerne i tasken.

Nu skal han ud til Byvej.

Men hvor ligger den?

Tulo googler adressen.

Det er ikke langt fra skolen.

Det tager kun 10 minutter på
cykel.

Der er masser af tid.

Tulo køber en pizza-slice og en
vand.

Han spiser.

Han kigger på uret.

Tiden går langsomt.

Han drikker sin vand.

Så cykler han ud til Byvej.

Nr. 30 er en stor bygning.

Der er en bred, grå dør.

Foran holder en stor lastbil. Så
går døren op. Lastbilen kører
ind.

Der er også en lille dør.

Her går Tulo ind.

Så står han i en lang gang.

Men hvor er kontoret?

Der er ikke nogen mennesker.

Han kigger på alle dørene.

Så sender han en sms til Pete.

Hvor finder jeg chefen? Skriver han.

To minutter senere kommer Pete.

„Kom med," siger han.

Tulo går med ham.

De går hen ad en lang gang.

De går ned ad en anden gang.

Til sidst stopper de ved en dør.

„Her er det," siger Pete.

Han banker på og åbner døren.

„Hej, Leif. Her er Tulo, " siger han.

Så smiler han til Tulo.

„Gå bare ind. Vi ses i morgen."

Tulo går ind ad døren.

Han sveder.

Han har det varmt.

Han er lidt nervøs.

„Velkommen," siger chefen på engelsk. „Jeg hedder Leif."

Han rækker hånden frem.

Tulo tager den.

„Jeg hedder Tulo," siger Tulo.

„Og du vil gerne finde arbejde?" spørger Leif.

„Ja," siger Tulo. „Jeg vil meget gerne have arbejde."

„Fortæl lidt om dig selv," siger Leif.

„Jeg er 27 år og IT-teknolog. Jeg har arbejdet for et firma i 5 år derhjemme. Jeg vil gerne arbejde i Danmark. Men jeg vil også gerne lære mere dansk."

„Det lyder godt," siger Leif.

„Jobbet er kun 25 timer om ugen. Er det ok?"

Tulo nikker.

„Godt. Nu skal du høre. Du har mange arbejdsopgaver. Du skal tjekke varer på computeren. Du skal også bestille varer. Og du skal tjekke lageret," siger Leif.

„Det lyder godt," siger Tulo og nikker. „Det lyder ikke svært. Det kan jeg godt."

Tulo slapper af. Han sveder ikke nu. Samtalen går godt.

Til sidst spørger Leif:

„Kan du begynde på

mandag?"

„Ja, det kan jeg godt. Hvad

tid?"

„Kom efter skole, kl. 13:30."

siger Leif.

Tulo smiler.

„Ja, kl. 13:30 efter skole."

Tulo går ud til sin cykel.

Han er let som en fjer.

Hans blod bobler.

Han er glad. Meget glad.

Nu har han et job.

Han cykler hurtigt hjem.

På vejen køber han ind.

Han køber lækker mad.

Og chokolade.

Sonia elsker chokolade.

Tulo sætter varerne i
køleskabet.

Han tømmer opvaske-
maskinen.

Han skærer salat.

Han koger ris med grøntsager
og bouillon.

Han laver fars.

Farsen kommer han i de
grønne peberfrugter.

Klokken 17 sætter Tulo maden

i ovnen.

Nu kommer Sonia snart.

Tulo kan ikke vente.

Hvad vil Sonia sige?

6. Tulo møder Emil

Klokken 18 er maden færdig.

Men Sonia er ikke kommet

hjem.

Kl. 19:00 spiser Tulo.

Men maden smager ikke godt.

Han er vred.

Hvorfor kommer Sonia altid

for sent?

Tulo tjekker sin telefon. Igen.

Der er ikke nogen sms.

Han kigger på skak-spillet.

Han flytter en brik.

Han kigger på uret.

Der er kun gået 2 minutter.

Tulo rydder op. Han sætter

tallerkener og bestik i

opvaskemaskinen. Han vasker

gryder og pander.

Han kan ikke sidde stille.

Nu er klokken 20. Tulo tænker

ikke på jobbet.

Han tænker kun på Sonia.

Hvor er hun?

Sonia!

Han husker Sonias smil til
Emil.

Er Sonia sammen med ham?

Han flytter en ny brik på
skakspillet.

Men han kan ikke tænke.

Så ringer mobilen.

Det er ikke Sonia.

Det er Pete.

„Fik du jobbet?" spørger han.

„Ja! Og mange tak for
hjælpen," siger Tulo.

„Det skal du ikke takke for. Er
Sonia glad?" spørger Pete.

„Det ved jeg ikke," siger Tulo.

„Hun er ikke kommet hjem."

„Er hun på arbejde?" spørger
Pete.

„Jeg ved det ikke. Og nu er
klokken 20. Jeg er bange.
Måske er der sket noget?"

„Aj, hun kommer nok," siger
Pete. „Du kender kvinder."

„Nå ja, ok," siger Tulo.

„Nemlig," griner Pete.

„Nå, jeg må løbe. Hav det super.“

„Tak og i lige måde. Hej, hej.“

Tulo trykker på det grønne ikon. Han kigger på mobilen.

Der er ikke kommet en sms fra Sonia.

Tulo kan ikke sidde stille.

Han tager sin jakke på.

Han går ud.

Han går hen til metroen

Han går ned.

Der er mange trapper.

Der er også mange mennesker.

Tulo kigger efter metroen fra

Centrum.

Det suser.

Så kommer den ind.

Dørene åbner.

Der kommer mange

mennesker ud.

Pludselig ser han dem.

Først ser han Sonia. Hun kaster

med håret og smiler.

Hun smiler til en mand.

Det er manden fra arbejdet.

Han går ved siden af hende.

Sonia siger noget til ham.

Manden griner.

Tulos hjerte hamrer.

Hvorfor er Sonia sammen med den mand?

Tulo går hurtigt hen til Sonia.

„Aj, hej Tulo. Kommer du her?" siger Sonia. Hun giver Tulo et kram.

„Ja, jeg ventede og ventede. Hvorfor kom du ikke," siger Tulo surt.

Men Sonia lytter ikke.

Hun peger på manden.

„Det er Emil," siger hun. „Fra mit arbejde."

Tulo smiler ikke.

Han kigger hårdt på Emil.

„Hvorfor er han med?"

spørger han.

„Fordi han gerne vil møde

dig," siger Sonia. „Vi har noget

at fortælle."

Nu er Tulo forvirret.

Hvorfor vil Emil møde ham?

7. Skakspillet

„Kom! Nu går vi hjem," siger
Sonia.

Hun tager Tulo under armen.

Emil går ved siden af.

Tulo vil ikke have Emil med
hjem.

Men han ved ikke, hvad han
skal sige.

Hjemme laver Sonia te.

Hun finder kager.

Og Tulos chokolade.

Emil venter i stuen. Han står op.

Tulo siger ikke, at Emil kan sidde ned.

Emil ser på skakspillet.

„Spiller du skak?" spørger han på engelsk.

Tulo siger ikke noget. Men han nikker.

Så flytter Emil en brik.

Han kigger på Tulo.

Tulo kigger på Emil.

Tulo kigger på skak-brættet.

Han flytter hurtigt en brik.

Emil tænker i 30 sekunder.

Så flytter han en brik.

Sonia kommer ind i stuen.

Hun har te og kager og

chokolade med.

Men Tulo og Emil ser hende

ikke.

Hun sætter kopper på bordet.

Tulo griner.

Hvorfor flytter Emil den brik?

tænker han. *Hvor*

dum er han?

Så flytter Tulo en ny brik.

Men han er vred. Han tænker

ikke klart.

Så Emil tager brikken.

Tulo griner ikke mere.

De to mænd sætter sig.

De kigger hinanden i øjnene.

„Teen bliver kold," siger Sonia.

Men Tulo og Emil hører ikke

noget.

Tulo vil vinde.

Han vil vinde over Emil.

De spiller og spiller.

Til sidst fanger Tulo Emils

konge.

Tulo bliver varm i maven.

Han vandt over Emil.

Og han har glemt at være vred.

Tænk, at Emil kan spille skak.

„Du vandt," siger Emil på
dansk.

Han rækker Tulo hånden.

Tulo forstår det ikke.

„You won," siger Emil.

„Ja. Jeg vandt," siger Tulo på
dansk og griner.

„Revanche?" spørger Emil.

„Nej," siger Sonia.

„Først drikker vi te.

Emil og jeg har nyt at fortælle.

Kom og hør, Tulo."

Så husker Tulo det også.

Det nye job.

Det skal han fortælle Sonia om.

Emil rejser sig.

Han henter et papir i sin jakke.

Kontrakt, står der.

Sonia tager Tulos hånd.

„Se," siger hun, „det er en

kontrakt. På et job."

Tulo forstår ikke noget.

„Et job?" Spørger han.

„Ja, et job til dig. I IT-
afdelingen. På mit og
Emils job. Vi har fikset det med
chefen. Og vi har holdt møder
om det. Derfor er
jeg kommet sent hjem.
For at ordne det til dig."

„Tak," siger Tulo. Men han
skriver ikke under.

„Er du ikke glad?" spørger
Sonia.

„Jo, det er fint. Men…"
Tulo ser på Emil.

„Nej tak." siger han på dansk.
Han ryster på hovedet.

„Jeg har et job nu."

Nu er det Sonia, der ikke forstår noget.

„Men, jeg har planlagt med Emil…" siger hun.

Tulo lægger armene om Sonia.

„Det er jeg glad for. Men jeg har fundet et job. Jeg har snakket med chefen. Jeg begynder på fredag. Det er også med IT."

„Det er jo fantastisk," siger Sonia. „Stort tillykke."

Emil smiler også.

„Tillykke, det er godt gået.

Men husk, Tulo. Hvis dit job

ikke er godt. Så kom til mig.

Jobbet hos os er åbent for dig."

„Tak," siger Tulo på dansk.

„Selv tak," siger Emil.

Han spiser et stykke

chokolade.

Sonia siger ikke mere.

Emil kigger på skakspillet.

Så kigger han på Tulo.

„Skal vi spille igen?" spørger

han på dansk.

Tulo forstår ikke ordene.

Men han forstår godt, at Emil

vil spille skak.

De to mænd går hen til skak-

bordet.

De spiller to spil.

Emil vinder ét.

Og Tulo vinder ét.

Så skal Emil hjem.

„Måske vil du med i skak–

klub?" spørger Emil.

„Jeg går i skakklub hver

torsdag."

„Det vil jeg gerne. Meget

gerne," siger Tulo.

De to mænd giver hånd.

„Vi ses på torsdag," siger Emil
på dansk.

„Ja, vi ses," siger Tulo på
dansk.

Døren lukker efter Emil.

Sonia omfavner Tulo.

„Hvor er jeg stolt af dig. Du
har et job nu. Hvor er det
godt."

Tulo er også stolt. Og glad.

Og nu forstår han det.

Sonia kom sent hjem, fordi hun
snakkede med Emil.

Men det var, fordi hun ville

hjælpe ham.

Tulo kigger ind i Sonias øjne.

„Tak, Sonia, du er meget sød,"

hvisker han.

Og Emil? Han er OK.

Og han kan spille skak!

Tulo smiler.

Jeg skal i skakklub på torsdag,

tænker han.

Det gør ham glad.

Han krammer Sonia.

Han elsker hende.

Danmark er lidt koldt. Og

solen skinner ikke meget.

Men Sonia er smuk.

Hun er en sol. Hun er hans sol.

Og nu har han også en dansk

ven.

Måske bliver livet godt igen?

Slut

Opgaver

Spørgsmål om Tulo:

1) Hvor bor Tulo?

2) Hvor tror du, Tulo kommer fra?

3) Hvor har Tulo mødt Sonia?

4) Hvorfor er Tulo i Danmark?

5) Hvad er Tulos problem?

6) Hvordan er Tulo?

(ung/gammel/sød/ ensom / ...)

7) Hvad er Tulos interesse?

8) Hvem hjælper Tulo?

9) Bliver Tulo lykkelig i Danmark?

- Lav selv flere spørgsmål

Svar på spørgsmål om Tulo

1) Arbejd alene:

   Svar på de 9 spørgsmål om Tulo.

   Obs! Du må gerne lave flere spørgsmål.

   med spørgeord og ja/nej-spørgsmål.

2) Arbejd i par eller grupper:

   Fortæl hinanden om Tulo.

3) Arbejd i par:

   Lav minimum 8 spørgsmål om
   Sonia, 8 spørgsmål om Emil og 8
   spørgsmål om Pete.

4) Byt makker. Stil spørgsmålene til
   din nye makker.

Lav en video (med din mobiltelefon)

Arbejd i par:

- Lav 8 spørgsmål, som I kan stille til en makker.

- Byt makker med et andet par.

- Interview din nye makker:

- Optag spørgsmål og svar på mobiltelefonen. Tjek om filmen er god. Gentag spørgsmål og svar, til I er tilfredse.

- Vis videoen til de andre i klassen eller upload den i jeres virtuelle klasseværelse, Facebookgruppe eller lignende.

Den varme stol

Hvad vil du gerne vide om Tulo?

Lav spørgsmål 2 og 2 til Tulo. Spørg om noget, du ikke kan læse i bogen. Fx:

- Hvor mødte du Sonia?
- Kan du lide sprogskolen?

Vælg 1 person på holdet, der er Tulo.

Sæt personen i "den varme stol".

Stil spørgsmålene til personen.

Personen bestemmer selv svarene.

Skift person. Måske får I nye svar.

- Variation: Lav spørgsmål til Sonia, Pete eller Emil.

Skriv om Tulo

Gå sammen to og to.

Læs sætningen:

Tulo skal på arbejde. Det er første dag. Han åbner døren. Så ...

Gæt på, hvad der sker.

Skriv om situationen.

Til undervisere og sprogcentre

Jeg tilbyder en workshop om, hvordan man kan bruge fiktion i undervisningen på en sjov måde, men også sådan at det kan indgå i temalæsning og er modultestrettet. En nærmere omtale kan ses på min hjemmeside http://www.kirstenwandahl.dk Jeg kan kontaktes på mail: post@kirstenwandahl.dk

Venlig hilsen
Kirsten Wandahl